¿QUÉ SON LOS AHORROS Y GASTOS?

BARBARA GOTTFRIED HOLLANDER

Britannica®
Educational Publishing

IN ASSOCIATION WITH

ROSEN
EDUCATIONAL SERVICES

Published in 2016 by Britannica Educational Publishing (a trademark of Encyclopædia Britannica, Inc.) in association with The Rosen Publishing Group, Inc.

29 East 21st Street, New York, NY 10010

Distributed exclusively by Rosen Publishing.

To see additional Britannica Educational Publishing titles, go to rosenpublishing.com.

First Edition

Britannica Educational Publishing
J.E. Luebering: Executive Director, Core Editorial
Mary Rose McCudden: Editor, Britannica Student Encyclopedia

Rosen Publishing
Nathalie Beullens-Maoui: Editorial Director, Spanish
Ana María García: Translator
Heather Moore Niver: Editor
Nelson Sá: Art Director
Brian Garvey: Designer
Cindy Reiman: Photography Manager
Heather Moore Niver: Photo Researcher

Cataloging-in-Publication Data

Names: Hollander, Barbara Gottfried, 1970- editor.
Title: ¿Qué son los ahorros y gastos? / Barbara Gottfried Hollander, translated by Ana Garcia.
Description: New York : Britannica Educational Pub., 2017. | Series: Conozcamos nuestra economía | Audience: Grades 1-4. | Includes bibliographical references and index.
Identifiers: ISBN 9781508102588 (library bound : alk. paper) | ISBN 9781508102564 (pbk. : alk. paper) | ISBN 9781508102571 (6-pack : alk. paper)
Subjects: LCSH: Money--Juvenile literature. | Shopping--Juvenile literature. | Savings accounts--Juvenile literature. | Credit--Juvenile literature.
Classification: LCC HG221.5 .H656 2016 | DDC 332.024--dc23

Manufactured in the United States of America

Photo Credits: Cover, interior pages background image, pp. 4, 29 Purestock/Thinkstock; p. 5 szefei/Shutterstock.com; p. 6 © iStockphoto.com/paulaphoto; pp. 7, 15 Fuse/Thinkstock; p. 8 Jupiterimages/Pixland/Thinkstock; p. 9 © iStockphoto.com/monkeybusinessimages; p. 10 Kraig Scarbinsky/DigitalVision/Thinkstock; p. 11 DavidWDan/iStock/Thinkstock; p. 12 Flying Colours Ltd/Digital Division/Thinkstock; p. 13 Mckyartstudio/iStock/Thinkstock; p. 16 LifesizeImages/DigitalVision/Thinkstock; p. 17 © iStockphoto.com/PushishDonhongsa; pp. 18, 27 Jupiterimages/Creatas/Thinkstock; p. 19 © iStockphoto.com/ayo888; p. 20 ananaline/iStock/Thinkstock; p. 21 Thinkstock Images/Stockbyte/Thinkstock; p. 22 © iStockphoto.com/Kirby Hamilton; p. 23 © iStockphoto.com/lovro77; p. 24 Photick/Alix Minde/Thinkstock; p. 25 © iStockphoto.com/DragonImages; p. 26 © iStockphoto.com/Cathy Yeulet; p. 28 Giulio Fornasar/iStock/Thinkstock

CONTENIDO

¿Cómo emplear tu dinero?

Tu asignación semanal para gastos es de $5. Tu mamá te aconseja que ahorres un poco, gastes un poco y dones un poco.

Cuando ahorras dinero, lo que haces es guardarlo para utilizarlo más adelante. El dinero que vas a ahorrar se puede guardar en diferentes sitios: en una alcancía o en una cuenta bancaria.

Cuando compramos bienes y solicitamos

> Cuando ahorras una pequeña cantidad de dinero regularmente, puede crecer.

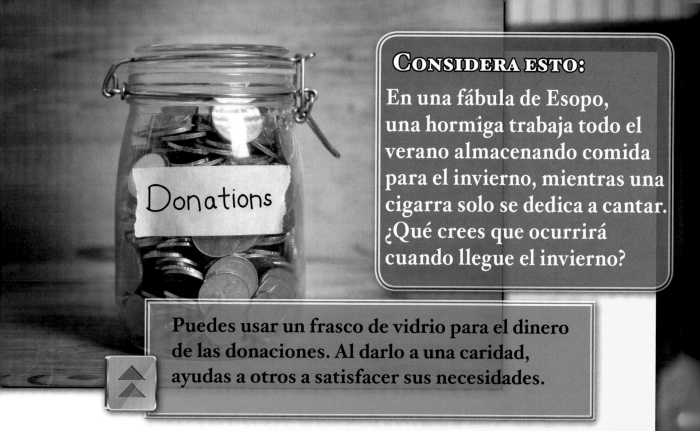

CONSIDERA ESTO:

En una fábula de Esopo, una hormiga trabaja todo el verano almacenando comida para el invierno, mientras una cigarra solo se dedica a cantar. ¿Qué crees que ocurrirá cuando llegue el invierno?

Puedes usar un frasco de vidrio para el dinero de las donaciones. Al darlo a una caridad, ayudas a otros a satisfacer sus necesidades.

servicios, gastamos dinero. Los bienes son cosas que se pueden tocar, como libros, juguetes o comida. Los servicios son trabajos que la gente hace para ti, como cortarte el pelo, servirte en un restaurante o venderte una entrada para el cine.

Cuando das una donación, ese dinero ayuda a otras personas que no tienen suficiente para pagar su comida, ropa o casa. Las donaciones ayudan a las personas necesitadas.

¿DE DÓNDE VIENE EL DINERO?

Tu asignación es una fuente de ingresos. Un ingreso es un dinero que recibes. Puedes recibirlo como regalo, por tu cumpleaños, por las Navidades u otras festividades. También puedes ganar dinero trabajando.

Supongamos que trabajas cuidando niños y te pagan $10 por hora. Si trabajas cuatro horas, habrás ganado $40.

Muchos niños reciben una mesada a cambio de hacer tareas como hacer la cama, guardar alimentos o regar las plantas.

Un sueldo o un salario es la cantidad de dinero fija que se recibe por realizar un trabajo al mes o al año, aunque también se puede recibir una cantidad fija por hora, como el ejemplo anterior. En este caso, variará dependiendo de las horas que trabajes.

COMPARA Y CONTRASTA

El salario mínimo es una suma de dinero, pactada por ley, que debe recibir un trabajador por hora desu trabajo. Compara y contrasta el salario mínimo en dos países.

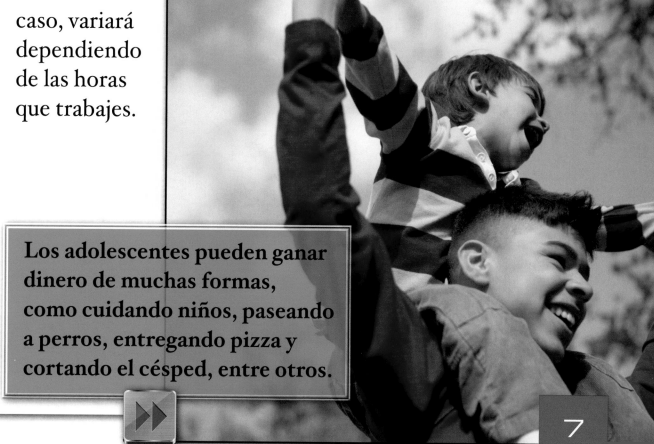

Los adolescentes pueden ganar dinero de muchas formas, como cuidando niños, paseando a perros, entregando pizza y cortando el césped, entre otros.

¿QUÉ QUIERES COMPRAR?

Los gastos son los bienes y servicios que compramos con nuestros ingresos. Decidimos nuestros gastos de acuerdo a lo que necesitamos y a lo que queremos. Las necesidades son las cosas imprescindibles para vivir, como la comida y la ropa. Las cosas superfluas son aquellas que te gustaría tener, pero que en realidad no necesitas.

Algunos gastos son fijos, es decir, no varían. Una persona que alquila o compra una casa acuerda pagar una

CONSIDERA ESTO

Un recibo muestra la cantidad de dinero que has pagado por algo. ¿Cómo te ayudan los recibos a controlar tus gastos?

Gastar dinero significa tomar decisiones como ir a pie o en auto. Cada decisión tiene un costo financiero diferente.

cantidad fija al mes. Una persona que se compra un auto también paga una cantidad fija por él.

Algunos gastos son variables, es decir, pueden cambiar. La comida, la ropa y la gasolina son gastos variables: cada mes, estas cantidades pueden ser diferentes. Si una persona prefiere caminar más y conducir menos en verano, durante esos meses de verano gastará menos en gasolina.

Los costos de comida dependen de qué compres y dónde compres. Podrías sembrar frutas y vegetales o comprarlos en mercados.

Ahorra para el futuro

Acaban de lanzar un nuevo juego de computadora y quieres comprártelo. ¿Pero qué pasa si vale más dinero del que tienes? ¿Cómo harías para comprarlo?

Hay personas que deciden ahorrar una cantidad fija cada mes para así lograr sus **metas financieras**. Si sabes cuánto cuesta el juego, puedes ahorrar un poquito

> **Metas financieras** son cosas que quieres comprar en el futuro.

Tus intereses ayudan a determinar tus metas financieras. Si te gustan los juegos de video, comprar un nuevo juego puede ser tu meta financiera.

cada mes hasta alcanzar la suma que necesitas.

Tus planes de ahorro pueden variar si tus objetivos cambian. Quizá decidas ahorrar más cada mes para poder comprar antes ese juego que quieres. Si, además, quieres comprar dos juegos en vez de uno, el ahorro tendrá que ser mayor.

Los ahorros también sirven para afrontar gastos inesperados, como reemplazar una llanta que se ha pinchado o una emergencia médica.

De camino al cine, el auto de tus padres podría tener una llanta desinflada. Ahorrando dinero pueden afrontar gastos inesperados.

¡Mete un gol!

Cuanto más dinero ahorras, más crece tu dinero. Si ahorras $2 cada mes, tendrás $24 en un año. Si ahorras $3 cada mes, tendrás $36 en un año. Cuanto más dinero ahorres cada mes, más rápidamente

¿Cómo puedes aumentar tus ahorros y lograr tus metas financieras más rápido? Ahorra aún más dinero, más a menudo.

crecerán tus ahorros.

Algunas metas requieren planes a largo plazo más que otras. Los bjetivos a corto plazo, como la compra de ese juego que quieres, pueden llevarte menos de seis meses. Sin embargo, los objetivos a largo plazo pueden quizá tomar años. Guardar dinero para la universidad, para comprar una casa o un auto son objetivos a largo plazo.

Cuando logras alcanzar uno de tus objetivos, te sientes bien. Por fin puedes obtener algo para lo que has estado ahorrando.

CONSIDERA ESTO

"Págate a ti primero" significa que debes ahorrar primero antes de gastarlo en otras cosas. ¿Por qué crees que esto es importante?

Lograr una meta significa tratar de hacer algo y lograrlo, como ahorrar suficiente dinero para una computadora.

Haz un plan

Para controlar los ingresos y los gastos, muchas personas elaboran un presupuesto o plan financiero. Si el ingreso es igual a los gastos, entonces el presupuesto es equilibrado. El presupuesto mensual de esta joven es equilibrado porque sus gastos y sus ingresos se equiparan. Entre los gastos fijos

INGRESOS		
Cantidad recibida para gastos		$ 10.00
Por sacar perros a pasear		$ 20.00
Por cuidar niños		$ 50.00
Regalos		$ 25.00
	Total de ingresos	$105.00
GASTOS FIJOS		
Gastos de teléfono móvil		$ 25.00
Boleto de autobús		$ 30.00
Ahorros		$ 10.00
	Total de gastos fijos	$ 65.00
GASTOS VARIABLES		
Comer fuera de casa		$ 10.00
Entretenimiento (conciertos, películas, descargas)		$ 10.00
Ropa		$ 20.00
	Total de gastos variables	$ 40.00
	Total de gastos	$105.00

Tú eres responsable de tus gastos y de asegurarte de tener suficiente dinero para pagarlos. Esto es parte de ser responsable financieramente.

se incluye una cantidad estipulada de ahorro.

No todos los presupuestos son equilibrados. Si los ingresos son más que los gastos, entonces hay dinero extra para el ahorro y para las metas financieras. Si los gastos superan los ingresos, la gente se endeuda o, lo que es lo mismo, debe dinero.

COMPARA Y CONTRASTA

¿Qué conceptos del presupuesto de esta joven podrían cambiarse? ¿Cuáles han de ser siempre los mismos?

El entretenimiento, como ir al cine, te trae alegría. Lo que gastas en entretenimiento cada mes depende de tu presupuesto.

Modifícalo

Los presupuestos te ayudan a conseguir tus objetivos a corto plazo y también tus objetivos a largo plazo. Supongamos que una joven de secundaria quiere comprar una entrada para el baile de la escuela, pero que la entrada cuesta más de lo que ella tiene ahorrado. ¿Cómo puede usar el presupuesto para lograr su objetivo?

Tiene varias opciones:

Pudes ganar más dinero haciendo una venta de garaje o vendiendo limonadas y galletas. ¡No te olvides de hacer publicidad para que los clientes te encuentren!

puede ganar más, reducir gastos o ambas cosas para así ahorrar más. Podría sacar perros a pasear o cuidar niños más frecuentemente. También podría reducir los gastos variables, como comer fuera y la ropa.

Pagar las cuentas y ahorrar dinero significa tomar decisiones. Es importante llevar un control de los ingresos y los gastos para saber qué opciones tienes. El presupuesto te ayuda a lograr tus metas.

CONSIDERA ESTO

Algunos ingresos y gastos varían cada mes. ¿Crees que llevar un control del dinero que recibes y el dinero que gastas durante varios meses te ayudará a prever posibles ingresos y gastos futuros?

Los recibos muestran la cantidad actual que pagaste por un bien o servicio. También sirven si necesitas devolver o intercambiar un artículo.

Compara a la hora de comprar

Podemos encontrar los mismos productos con diferentes precios en una tienda o por Internet. Si comparas precios comprarás mejor. El precio total de una compra en línea incluye los gastos de envío. También puedes encontrar bienes y servicios similares que cuesten menos. Por ejemplo, muchos supermercados tienen su propia marca de productos alimenticios, que

Tómate el tiempo de comparar productos similares y sus precios, y busca rebajas que reducen los precios. Esto puede ahorrarte mucho dinero.

CONSIDERA ESTO

No dejes que tus amigos te influencien para que compres algo. ¿Cómo reaccionas tú ante la presión de tus amigos?

Puedes encontrar cupones en línea buscando en Internet. Puedes usar un teléfono para aplicar los cupones.

resulta más barata que otras marcas más conocidas.

Los cupones de descuento y las bonificaciones te ayudan a pagar un precio más bajo. Un cupón resta cierta cantidad de dinero al precio final. Puedes encontrar los cupones en línea, en las tiendas, o recibirlos por correo. Una bonificación sobre un producto te devuelve una parte del dinero por algo que compraste.

Un comprador cuidadoso planea antes de efectuar una compra. Muchas personas se exceden en sus gastos porque compran cosas que no están incluidas en su presupuesto o plan financiero.

19

¿CÓMO HACER PARA QUE TU DINERO CREZCA?

Invertir es usar tus ahorros para ganar más dinero. Muchas personas guardan sus ahorros en el banco para que genere intereses. El interés es el dinero que recibes por tener una cuenta de ahorros en el banco. Otra forma de invertir es

Si inviertes $50, tendrás más o menos de $50 para gastar. ¿Vale la pena arriesgarse en invertir?

Una **acción** es una participación en la propiedad de una empresa.

comprar acciones. Invertir supone un riesgo, o la posibilidad de que las cosas resulten de manera diferente a lo que esperabas. Supongamos que inviertes $100 al comprar acciones de una determinada empresa. Si el precio de las acciones de la empresa sube y vendes las acciones que habías adquirido, obtendrás más de los $100 que invertiste. Pero si las vendes a un precio más bajo del que las compraste, conseguirás menos de $100.

El precio de las acciones sube y baja a diario. Los inversionistas ganan o pierden dinero por estos cambios de precio solo después de vender sus acciones.

¿Por qué pensar en el futuro?

Muchas personas guardan el dinero en cuentas especiales de ahorro para objetivos a largo plazo, como para pagar la universidad o tener suficiente dinero para la jubilación. Por ejemplo, algunos padres ponen el dinero en cuentas especiales de ahorro para la educación de sus hijos. La gente también invierte su dinero en fondos de jubilación.

529 COLLEGE SAVINGS PLAN

La universidad puede ser muy costosa. Ahorrar dinero en el tiempo ayuda a las personas a pagar la universidad cuando están listas para ir.

Cuando te jubilas, dejas de trabajar, generalmente por la edad, pero los gastos continúan: hay gastos de comida, ropa, etc., pero ya no percibes un sueldo.

Muchas personas comienzan a ahorrar para la universidad de sus hijos y para la jubilación desde temprano y así poder tener el dinero cuando lo necesiten. Sin embargo, hay ciertos límites en la cantidad de dinero que se puede depositar en estas cuentas.

CONSIDERA ESTO

Mucha gente guarda, mientras todavía trabaja, parte de sus ingresos en un plan de jubilación. ¿Por qué crees que empiezan a ahorrar para su jubilación cuando todavía son jóvenes?

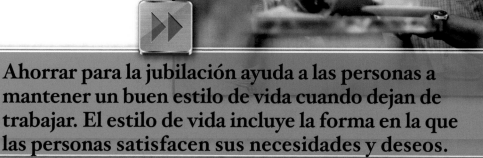

Ahorrar para la jubilación ayuda a las personas a mantener un buen estilo de vida cuando dejan de trabajar. El estilo de vida incluye la forma en la que las personas satisfacen sus necesidades y deseos.

GASTAR Y PEDIR PRESTADO

No siempre se logra ahorrar el suficiente dinero como para pagar cosas que cuestan mucho dinero, como casas o autos. Sin embargo, se pueden conseguir pidiendo dinero prestado al banco, lo que se conoce como un préstamo. La gente que solicita un préstamo al banco, se compromete a devolverlo dentro de un tiempo determinado. También acepta pagar un poco

Un préstamo te permite pedir dinero prestado para pagar lo que quieres. Ser financieramente responsable significa pagar este dinero con el tiempo.

Loan No. 950114178
LOAN AND SECURITY AGRI

THIS LOAN AND SECURITY
September 28, 2001. by

A. Borrower is the

Muchas personas piden dinero prestado para comprar una casa porque no tienen suficiente dinero para pagar el precio completo.

más de dinero del que le han prestado. Este dinero extra se conoce como interés. Algunos préstamos pueden ser liquidados en poco tiempo. Otros, como las hipotecas, normalmente toman varios años en ser liquidadas. Si la persona que pide el préstamo no lo paga a tiempo, el banco puede quitarle lo que ha comprado, por ejemplo un auto, con el dinero prestado.

> Una **hipoteca** es un tipo de préstamo que se utiliza para la compra de una casa.

Marquemos la diferencia

Millones de personas en el mundo no tienen suficiente dinero para necesidades esenciales como casa, comida, ropa y atención médica. Hay muchas formas en que podemos ayudarlas con nuestro dinero.

Una manera de hacerlo es recaudando fondos, es decir, buscando la manera de conseguir dinero o las cosas que

Puedes recaudar fondos para obtener dinero para caridades o para una meta específica, como nuevos uniformes para la banda de la escuela.

necesitan estas personas. Puedes organizar eventos, como lavar coches, vender pasteles o hacer una rifa. Una rifa consiste en comprar boletos con los que se puede ganar algún premio.

Muchas personas invierten tiempo y dinero ayudando a los demás. Sus acciones muestran bondad, empatía y compasión. La empatía es comprender los sentimientos de los demás. La compasión es preocuparse por la gente que sufre.

CONSIDERA ESTO

Investiga acerca de alguna organización que ayude a la gente necesitada y averigua cómo puedes hacer una donación.

El voluntariado es ofrecer tu tiempo en una actividad, como recolectar dinero para las víctimas de un tornado y otros desastres naturales.

EN RESUMEN...

Ya sabemos que hay diferentes fuentes de ingreso: asignaciones para gastos, dinero que se recibe por hacer ciertos trabajos o de regalo. También hay gastos que pagar con el dinero que se gana. Los ahorros se hacen de los ingresos, y es el dinero que se aparta para futuros gastos.

Ser cuidadoso al comprar incluye utilizar cupones de descuento y bonificaciones. También consiste en comparar los precios de los bienes y de los servicios que venden o prestan diferentes vendedores, para lograr el mejor precio por la misma calidad.

Los presupuestos nos

El dinero paga los bienes y servicios que necesitas y quieres. También usas el dinero para dar regalos y hacer donativos que ayudan a otros.

COMPARA Y CONTRASTA

Un hábito es un acto que realizamos normalmente. Compara y contrasta lo que habitualmente gasta y ahorra una adolescente con lo que gasta y ahorra un padre de familia.

ayudan a controlar el dinero que recibimos y el que gastamos. También nos ayudan a ahorrar para lograr nuestras metas. Invertir es tratar de ganar dinero con los ahorros.

La gente invierte por diferentes motivos, como para poder conseguir determinadas cosas a largo plazo. Tener dinero para pagar la universidad y para la jubilación son objetivos a largo plazo.

Ahorrar e invertir tu dinero te permiten alcanzar tus metas financieras. Lograr estas metas puede ayudarte a costear tus necesidades y deseos en el futuro.

29

Glosario

acción: una participación en una empresa.

ahorro: guardar dinero para poder utilizarlo en un futuro.

asignación para gastos: dinero que se da a los niños regularmente.

cupón: un vale que se usa para conseguir un descuento sobre el precio de algo.

deuda: lo que se debe.

bonificación: reembolso de una parte del dinero que se ha pagado por un determinado producto.

donación: dar dinero o bienes como regalo.

gastos: dinero que se utiliza para comprar bienes o solicitar servicios.

gastos fijos: dinero que se paga por algo y que no cambia.

gastos variables: dinero que se paga por algo y que puede cambiar.

ingresos: dinero que se obtiene por trabajo o inversiones.

interés: dinero que se gana al realizar una inversión o suma que se acuerda pagar a cambio de un préstamo.

jubilación: cuando una persona deja de trabajar, generalmente por la edad.

necesidades superfluas: lo que nos gustaría tener, pero que no necesitamos.

necesidades: lo que se precisa para vivir.

metas financieras: cosas que se quieren comprar en el futuro.

presupuesto: plan financiero para controlar los ingresos y los gastos.

recibo: comprobante de pago.

riesgo: posibilidad de que algo resulte de manera diferente a lo esperado.

salario: cantidad de dinero que se gana por trabajar durante un año.

sueldo: cantidad de dinero que se gana por hora.

Para más información

Libros

Honig, Debbie and Gail Karlitz. *Growing Money: A Complete Investing Guide for Kids*. New York, NY: Price Stern Sloan, 2010.

Larson, Jennifer. *Do I Need It? Or Do I Want It?: Making Budget Choices*. Minneapolis, MN: Lerner Classroom, 2010.

Larson, Jennifer. *What Can You Do With Money?: Earning, Spending, and Saving*. Minneapolis, MN: Lerner Classroom, 2010.

McGillian, Jamie Kyle. *The Kids' Money Book: Earning * Saving * Spending * Investing * Donating*. New York, NY: Sterling, 2004.

Viorst, Judith. *Alexander, Who Used to Be Rich Last Sunday*. New York, NY: Atheneum Books for Young Readers, 2012.

Sitios de Internet

Debido a que los enlaces de Internet cambian a menudo, Rosen Publishing ha creado una lista de los sitios de Internet que tratan sobre el tema de este libro. Este sitio se actualiza con regularidad. Por favor, usa este enlace para ver la lista:

http://www.rosenlinks.com/ LFO/supp

ÍNDICE